시내버스

詩 2

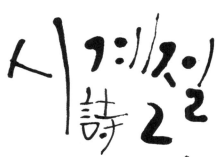

우리 오래 만나요

이지연 시집

좋은땅

1974.10.30.

경남 진주 출생

lovelyjy99@naver.com

시계절 페이스북, 인스타그램, 블로그 운영

2017년 시집
『시계절 도레미파솔리詩』를 썼습니다.

현실과 낭만 사이에서
방황하는 당신과 닮았습니다.
이렇게 촉촉한 사람인 것을 숨겨 보지만
종종, 자주 들킵니다.

감성이 낡아지는 것이 싫어서
여행을 떠납니다.
언어가 얕아지는 것이 두려워
책방을 드나듭니다.

멋있는 어른
신선한 작가가 되기 위해
오늘도 익어 가는 중입니다.

목차

제1부
우리 오래 만나요

제2부

아름다운 이별

제3부

힘내라 인싱

첫 시집
『시계절 도레미파솔라詩』가
세상에 나온 지 여섯 해가 지났습니다.

군산에서부터 플로리다까지
생각지도 못했던
독자들의 과분한 사랑에
벅차게 행복한 시간을 보냈습니다.

여전히 저는
뜨거웠다 식기를 반복하며
두 번째 화산 분출을 꿈꾸고 있습니다.

바다의 신 트리톤이 건네준 흙 한 덩이가
세상에서 가장 아름다운 섬 산토리니로
솟아난 것처럼
나의 詩도 아름다운 섬으로

태어나기를 바랍니다.

『시계절 2 우리 오래 만나요』
세상을 향한 두 번째 연애편지를 띄웁니다.

당신의 하루도
설렜으면 좋겠습니다.

2023년 여름
따뜻한 그리움 담아

이서언

봄처럼

설레는 말

우리

오래 만나요

「고백」

우리 오래 만나요

고백

사랑해요
그리워요

그런
말이 아닌

봄처럼
설레는 말

우리
오래 만나요

석류

툭툭
오래 앓던
그리움이 터졌습니다

꽃물처럼
그대에게 스며듭니다

기다립니다

첫눈이 올 때까지
그대가 올 때까지

청사포

밤 파도가
밀려와요

지금
파도가
중요한가요

이렇게
그대가
밀려오는데

꽃길

꽃분홍
길을 걸어
그대에게 갑니다

가만히 불러 보면
봄빛으로
화답하는 그대

저 산 너머
응결된
그리움이

더 이상 못 참겠어
펄펄
꽃눈으로 내립니다

꽃사월

밤에 피는 꽃
마음에 피는 꽃

겨우내 참았던
그리움이 팝콘처럼
팡팡 터졌다

지천에
꽃 꽃 꽃

쑥국

봄 들판 향기와
봄 바다 왕미더덕이
만났다

다시마에
홍합 국물
불타는 홍초까지

어쩌나
봄날의 곰처럼
네가 좋아

입춘 立春

지난밤 바다는
거칠게 울었습니다

깊은 슬픔
성난 파도

밤새 지친 바다가
까무룩 잠이 듭니다

성큼
봄이 왔습니다

봄은
그냥 오지 않았습니다

시작해, 봄

아직
다 지지 않은 꽃이 있다
다 피지 않은 꽃이 있다
둘이 애틋하게
어울리는 봄

사과꽃

찬 이슬
비바람 맞고
사과꽃이 피었습니다

사월 내내
꽃잎과 나뭇가지는
사력을 다했습니다

당신은
모르시겠지요

달콤하고
새콤하고
오묘한 맛에 취해

오랜 기다림
사무친 그리움

이 생에 한 번

마침내 닿은 곳

그대라는 것

사월

노을 지는 바닷가
사월의 거친 바람을 만납니다

꽃은 이리저리
흔들리면서도

바람을 원망하지 않습니다
사랑의 마음을 놓지 않습니다

사월은 잔인하게도
천지에 꽃을 피웠습니다

마른번개

그 여름
너와 나의 눈빛이
마주치던 찰나

빛줄기가
내 심장을
그대 영혼을

과거와 현재
미래의 시간마저
관통했다

비도 없이
푸른 밤
거침없이 그대가

산딸기

야생의 바람과 별빛을 먹고

까맣게 익어 버린 자유 그 자체

당신이라는 위엄

달다는 맛 하나로는 표현하지 못할

새콤하고도 알싸한 맛

요구르트와 벌꿀의 토핑으로

길들여지지 않은 당신의 기운을 잠재운다

보들보들 회심의 미소로 마주하니

오도독오도독 씹히는 알맹이로

끝내 쉽지 않은 당신의 의지를 만난다

잘났다, 유월 산딸기

여름 마중

여름이 오면 참 좋겠네요
한마디에

초록 숲은 오래 숨을
머금었습니다

지천에 물오른 꽃나무
오디가 익어 가는 오후

숨이
턱턱 막힙니다

잊지 않고
거기 있어 준 그대

지금
만나러 갑니다

참깨밭

작열하는 태양 빛
몽환의 시간

하얀 소금들이
톡톡 튀고 있다

아이 따가워
아이 따가워

칠월의 형벌은
가혹하다

울지 마

고소한 향기로
채워 줄 테니

여름 하지

일 년 중
가장 순한 유월

맑은 바람
초록 햇살

햇감자가
익어 가는 오후

그대가 왔습니다

내 삶에
내 우주에

흔들림 없이
그대가 걸어오는 순간

여름 한때

소나기

참고 또 참았던
그리움의 파편들이

쏴아아
포효하는 소리

건조한
하늘을 가르고

메마른 마음에
청량함을 주는 소리

그렇게
아주 잠깐

네가 왔다
가는 소리

동궁과 월지

너의 달과

나의 달이

다르지 않다

너의 외로움을

스친 바람이

내 **뺨**에 닿았다

넘어지고

생채기가 나도

걷고 있다

마침내

마주 닿을

그곳

* 경상북도 경주시 원화로에 있는 '동궁과 월지'는 옛 신라 왕궁의 후원이다.
  문무왕 14년(674)에 연못인 '월지'가 조성되었고, 삼국 통일 이후 679년에 '동궁'이 지어졌다고 전한다. 경주 야경 제1의 명소로 연못에 비친 신라 조경 예술의 극치를 보여 준다.

은행나무

그대 뒷모습
내게만 보여 주던

당신이 있었던 자리
당신이 걸어간 자리

황금 꽃비 아래
서성이던 그리움

온통 노랗고
온통 시뻘건

가을이 속삭인다
잊지 말라고

나를 당신을
우리의 마지막을

사랑의 온도

너무 아픈
사랑도

가슴 벅찬
사랑도

같은 무게로
힘이 듭니다

적당한 거리
적당한 온도

기다립니다

그대가 와야 할 때
있어야 할 곳에서

하얀 연인白い恋人
– 눈의 도시 삿포로에서

첫눈에 반했다
첫눈에 설레었다

세상은
온통 설국(雪國)

첫눈에 떠오른 사람
첫눈에 알아본 사랑

하얀 그대
나의 연인

*일본 홋카이도 삿포로(札幌)에서는 매년 세계 3대 겨울 축제인 눈
축제가 열린다. 시로이코이비토는 하얀 연인(白い恋人)이라는 뜻의
과자 이름이다.
유제품으로 유명한 홋카이도의 장점을 살린 특산품으로 삿포로에
제조 공장이 있다.

저녁 기도

바람처럼

머물다 가겠습니다

맑은 차 한 잔에

하루 일상을 나누고

찬바람 스밀세라

커튼을 여미며

그대와 함께

저녁을 맞이하겠습니다

자늑자늑

스며드는 평화

선물처럼

다시 아침이 오면

해가 지고 뜨는 일처럼

그대를 사랑하겠습니다

첫눈 오던 날

내 창가에
하얀 그리움이
뿌려질 때

그대 창가에도
같은 그리움이
펑펑 쏟아졌다는 것

오랜만에
소주잔을 나누면서
그냥 알겠더군요

내 창가에
뽀얀 애틋함이
피어날 때

그대 창가에도

같은 애틋함이

푹푹 쌓였다는 것

착한 사랑

위스키
에스프레소
인생

충분히
독한 것들

그러니
당신만은
우리 사랑은

그러지
않기로 해요

사랑만
하기에도
짧은 인생

착한 사랑만
드릴게요

최고의 사랑

그대를
사랑한다는 이유로
무언가를 잃을까
걱정하지 않습니다

무언가를
버려야 한다면
마지막까지 내 손에
남을 하나는 그대입니다

지구상
수많은 사람들 속에서
열정이 닮은 사람을
알아보는 일

심장의 온도가
같은 사람을

찾아내는 일은
기적입니다

그대는
전부를 걸어도
아깝지 않은
최고의 선물입니다

해가 지지 않는 하루

계절이 바뀌지 않는 것처럼

처음부터 불가한 일

나의 어디에도

당신이 없음을 견디는 일

「아름다운 이별」

제2부

아름다운 이별

알로에

– 슬픔에게

잘라야지 잘라야지
여름내 벼르고 벼르던
시퍼런 상처들을
비바람 불어 허한 날
싹둑싹둑 잘라 버렸다
지워도 지워도
성큼 자라 있는 상념처럼
투명한 피를 철철 흘리고
가시를 곧추세우며
슬프게도 지켜 낸
너의 사랑 나의 사랑

간장게장

가을밤

펄떡이는 꽃게와
간장의 은밀한 만남

숙성된 그리움과
아픔이 어우러져

격하게 사랑하고
격하게 바스러지는

그대 슬픈 사랑

바다에게

바다를
사랑한다고 믿었다
바다를
소유하고 싶었다

그러나 바다는
누구에게도
마음을 내어 주지 않았다

사람들이 흘리고 간
욕망과 회한들이
그의 전부를 흔들어도

밤이면
단아하게
정좌를 틀고 있었다

오랜 세월

변함없는 얼굴로

거기 그렇게 남아

나를 울게 했다

당신의 가을

무언가를 말리기엔
햇살이
뜨거운 사막을 지나온
가을 햇살이 좋다

한여름 태양 빛을 피해
쏘다닌 시간
가을엔 당신의 전부를 내어
말려도 좋다

꾹꾹 눌러 담은 물기
습한 운명도
청명한 하늘 아래
무장 해제

소박한 하루의
단잠으로

당신의 가을도
아름답기를 빈다

간절히 원하면

간절히 원한 적 있습니다

출근길 라디오 소리에서

쨍하고 부딪히던 소주에서

시원하게 흔들며 달려오던 맥주 캔에서

오랜만입니다 하고 들어서던 국밥집에서

낯선 남자의 담배 연기에서

책상 위 곰인형의 눈망울을 만지다가

그 사람 꼭 한 번 만나고 싶다고

빌어 본 적 있습니다

간절히 원하면

이루어진다고 해서

친구

친구는
항상 유쾌한
단어라고 생각했습니다

친구는
언제나 웃게 하는
연예인이라고 생각했습니다

친구도
눈물이 될 수 있다는 것
친구도
그리움이 될 수 있다는 것

인정하고
싶지 않지만
인정해야 할 것 같습니다

애별리고 愛別離苦

사랑하는 사람과
이별하는 것
사별하는 것

사랑한다는 이유로
마주하는

이 생의 원죄

사랑해서
지극히 사랑해서
감수해야 할

깊은 슬픔

*애별리고(愛別離苦)는 불교에서 말하는 8가지 고통 중의 하나
로 부모, 형제, 처자, 애인 등 사랑하는 사람과 헤어지는 괴로움
을 말합니다.

보석 상자

딱 한 번
열어 보았다

이제 그만
보내 주려고

그런데 난
그러지 못했다

나를 잃는 것 같아서
내가 지워지는 것 같아서

네가 아니라
추억이 아니라

그렇게 보석 상자는
다시 닫히고 말았다

낙화

가을 가고
겨울 가면
어김없이 봄 오듯

당신만은 늘
그 자리에
있어 주리라
믿었습니다

봄꽃이
뚝뚝 떨어지던
어느 날

추운 겨울 이겨 낸
꽃송이가
내 눈물이 될 줄
몰랐습니다

봄밤

그대 잠든 창가에
하나둘

꽃잎이
떨어집니다

잠들지 않는 그리움
끝내 떨구는 눈물

밤이 깊어도
떠나지 못하고

꽃무덤 하나
피었습니다

봉숭아

바보 같은 기다림
휘영청 달빛 아래
새벽을 맞이하는 일

그 여름
함부로 찾아온
운명을 원망해 봅니다

추억으로 간직할게요
돌아섰지만

당신은
봉숭아 꽃물처럼
아픔입니다

은행나무 이별

가을 찬바람이
육백 년 된
나무를 흔든다

아직 못다 한
말이 남았는데
다 주지 못한
사랑이 남았는데

기다리는 일
바라보는 일
가슴 아픈 그리움은
내 운명이라고

은행나무
거친 손이
내 손을 툭
놓아 버렸다

그리움이 그리움에게

말하지 못했습니다
오랫동안 그리웠다고

그저 우연히 마주친 것처럼
당신 뒤에 서 있습니다

많은 세월 흘렀어도
당신은 바보입니다

세상에 그렇게 쉬운
우연이란 없습니다

간절한 그리움과 그리움이
만들어 낸 필연이었다고

그 말도
전하지 못했습니다

마음

문득 찾아보니
마음이 보이지 않는다

내가 숨겨 두면
아무 데도 가지 않고
있을 것 같았는데

마음이 떠났다
비슷한 심장 소리
비슷한 온도를 찾아

아프면 아픈 대로
뜨거우면 뜨거운 대로
버려두기로 했다

마음이 가는 대로
운명이 이끄는 대로

마지막 사랑

그대를 떠올리면
눈물샘이 촉촉해져

네가 나의 추억이라
네가 나의 이별이라

네가 내 마지막
인연인 것 같아

슬프다 나는
너를 잡지 못하고

보내지도 못하고
아무것도 하지 못하고

보고 싶다

가슴이
터질 듯
눈부신 말

눈물 나게
그리워
사무치는 말

보
고
싶
다

같은 말
같은 사람인데
차가워졌다

너처럼

인어공주

견딜 수 있으면
견뎌 보세요

떠날 수 있다면
떠나가세요

그대만 괜찮다면
아프지 않고 걸어간다면

흔적 없이
사라지겠습니다

세상에 없었던
꿈처럼

비요일

외로워서
너무 외로워서

빗방울이 된 사람
파도가 된 사람

그대 슬픔에
응답하지 못하고

내 눈가에 촉촉이
안개비가 내렸다

해운대 연가

밤이 있어야 했다
술이 있어야 했다

지독한 세파에
흔들리는 영혼들

불빛이 있어야 했다
바다가 있어야 했다

그리고 마침내
겨울 비가(悲歌)

눈물

내 안에 숨어서
기회만 엿보던 무엇

꾹꾹 누르고
억지로 참으려 해도

가릴 수 없었던
내 웃음의 그림자

그리운 아버지

한 번도
말하지 못했습니다

당신이 아니었다면
아무것도 아닌 존재를

세상에 보내 주셔서
고맙습니다

따뜻했던 당신의 품
넉넉했던 당신의 그늘

누구나 한 번은
맞이하는 이별이라지만

너무 빨리 당신을
보내 드린 것 같습니다

다음 세상
우리 만나면

그때는 제가
당신의 나무가 되겠습니다

그 여자

그 여자
환하게 밝다

그 여자
입술 끝에
햇살도 부서지고
꽃향기도 피어난다

그러나
나는 보이네

그 여자
웃고 있지만
가만히
안아 주고 싶네

금세

물기가 배여
나마저도
축축해질 것 같은

쉽게
열리지 않는
그 여자 울음을
닦아 주고 싶네

이별 후에

당신을 떠나보내면서
울지 않으리라
맹세했습니다

차라리
미워하리라
다짐했습니다

그러나
못난 저는
자꾸 울고 있습니다

당신을
한순간도
미워하지 못했습니다

아니

한 발짝도

보내지 못했습니다

시절인연 時節因緣

인연이라면
만날 것이고

인연이 아니라면
못 만나겠지요

조금 더 사랑하는
사람이 아프다면

차라리 제가
아프겠습니다

다 놓지 못한 마음
별이 되어

아름다운 이별

아름다운 이별은 없다
심장이 찢기고
하루에도 몇 번 각혈을 하고
그리움에 피멍이 들어도
당신의 어디에도
내가 없음을 견디는 일

아름다운 이별은 없다
해가 지지 않는 하루
계절이 바뀌지 않는 것처럼
처음부터 불가한 일
나의 어디에도
당신이 없음을 견디는 일

전생을 돌고 돌아
운명처럼 다가오는

너를 읽다

「너를 읽다」

제3부

힘내라 인생

너를 읽다

글자와 글자 사이
행과 행 사이

그대 언어는
깊고도 아팠다

미세한 떨림
사무친 그리움

전생을 돌고 돌아
운명처럼 다가오는

너를 읽다

아름다운 것들

살면서
잃어버린 것들

첫눈에
가슴 떨림

긴긴 밤
아픈 기다림

꽃이 봄을
기다리듯

별이 달을
그리워하듯

계절마다 피어나는
어떤 그리움

시작

한결같은
기다림

굳은 믿음과
확신이

당신을
우리를

그곳에
데려다
줄 것입니다

수선화

자신을 사랑하되
누군가에게
베풀 수 있을 만큼만

자신을 소중히 하되
누군가의 진심을
배려할 수 있을 만큼만

자신을 아끼되
누군가의 아픔을
안아 줄 수 있을 만큼만

자신을 귀하게 여기되
누군가의 생도
지켜 줄 수 있을 만큼만

전부를 건다는 것

전부를 걸어 본

사람은 압니다

다 주고도

더 주지 못한 것을 후회하기

모든 우선순위에서

그것을 최고로 두기

양손에 두 개를 쥐고

조율하지 않기

모두를 잃는다 해도

후회하지 않기

지나간다

파도처럼
고통이 밀려와

슬픔의 높이에서
그대를 만납니다

지나갑니다
다 지나갑니다

힘내요
지금 아픈 그대

마흔, 7번 국도를 달리다

아직 내 눈은
빛나고 있고

아직 내 심장은
뛰고 있으므로

그대여
다시 꿈꾸어도 좋다

그대가 무엇을 바라고
무엇을 그리던

온몸으로
갈망하라

세상이 오롯이
그대 편이 되리니

바라는 대로
꿈꾸는 만큼

모과 향기

진심을 다하고
사라지는 것들

운명을
탓하지 않고

시간을
거스르지 않고

삶의 열정
생의 고독

고운 향 가득
아름다운 사멸

레몬차

조각조각
한 편 한 편

정갈한 애정
향기로 밀봉되었다

발랄한 젊음도
폭풍 시심
고독한 사유도

상큼함으로
다 표현 못 해
설렘으로 남았다

어쩌나
눈부셔 눈부셔
아름다운 생의 결

시인과 촌장

기린처럼 긴 목을 한 여자가

화장기 없이 말간 여자가

거침없이 유쾌한 여자가

자몽 소주집에서 쌉싸름하게 무너진다

여자의 웃음은 술집 문을 넘어

길거리 취객들의 어깨 위에 앉았다가

홀로 술잔을 든 남자의 소주잔으로 튕겼다가

마주 앉은 시인의 눈빛에 빠졌다

시가 좋아서

사람도 좋아졌다는 여자에게서

오래된 책 냄새가 난다

얼굴 가득 피어난 열꽃

심장을 다 꺼낸 여자가

깊어 가는 가을밤 활짝 피어난다

그녀와 함께 나도 그만 잠이 든다

어떤 친구

이쁜 모습만
보이지 않아도 됩니다
신경 써서 가리지 않아도 되고
모르면서
아는 척하지 않아도 됩니다
잔머리 굴리며
계산하지 않아도 되고
웃고 싶지 않을 때
웃지 않아도 됩니다
때론 거칠게 내뱉기도 하고
남들에겐 친절하면서
돌아서서 성질부리기도 합니다
그래도 잘못을 따지기보다는
일단은 미안하다고 말해 주는
바보가 나를 웃게 합니다
세상에서 네가 제일 편하다고
떠들고 다니는
못난이가 나를 웃게 합니다

시간

바쁘다는
핑계로
삶을 방치하고
있는 건 아닌지

한 번 비껴간 사랑을
되돌릴 수 없듯
시간은 누군가를
기다려 주지 않는다

내일로 미룬 행복
다음으로 미룬 사랑
우리 인생에
지불유예란 없다

지금 이 순간
이토록 아름다운
우리 젊은 날

부산어묵

겨울날
대나무에 꽂힌
바다의 상흔들이
헛헛한 속 달래는
친구가 되었다가
눈물보다 진한
위로가 되었다가
지친 여행자의
휴식이 되었다가
끝없는 한파 속
생의 허기를 데우는
남포동 길모퉁이
열꽃으로 피었다

매미

당신이 울어
여름이 왔습니다

자기를 봐 달라고
잊지 말라고

전부를 걸고
울었습니다

하늘도 땅도
태양을 향해 열린 계절

아낌없이 사랑하고
후회 없이 떠난다고

당신이 울어
여름을 보냈습니다

가을 정동길

덕수궁 돌담 따라
중명전 침범의 발자국

치욕과 오욕을 감내하며
지켜 주고 싶었던 건

천 년이 흘러도 평화로운
내 나라 내 백성들의 하루

차마 떠나지 못한 슬픔이
정동길 41-11번지 종소리로 내린다

고맙습니다
아름다운 생의 향연

노랗게 물든
가을 정동길 오후 5시

애월 바다

언제나 내가
욕심이 많아

마주하지
못했습니다

미안해요

오늘은
가만히

바다의 한숨 소리를
듣습니다

바다별

작열하던
태양이 사라지고
어둠이 내리면

여름 바다는
하나둘
별빛을 켠다

수평선 가득
황홀한 반짝임이
제 눈물인지도 모르고

바다는 오늘도
하얗게 밤을
새웠다

모른다

모른다

어디로 가고 있는지
무엇을 찾고 있는지
얼마만큼 왔는지

모른다

하루에도 몇 번씩
태어났다가 밀려오는
욕망들

모른다

얼마만큼 더 흔들려야
이 생의 고뇌에서
자유로울 수 있는지조차도

나를 바라보는 너

물처럼 밋밋하고
산처럼 묵묵하게
거기 서 있는 너

알 것 같다

이제는 너를
조금은
알 것 같다

기차와 할머니

새벽이면
기차가
머리맡을 지나고

아침이면
느리게
경보기가 울리는 곳

기차는
할머니의 청춘을 싣고
떠나 버렸지만

할머니는
빈집을 지키신다

한 번씩 반가운 기적 소리에
달려갔다 돌아서는 발걸음에

천 근의 무게가 실리지만

할머니의 기다림은
오늘도
철길을 달린다

산山

이쯤에서
그만
쉬고 싶다

나뭇잎 사이로
삐져나오는 햇살
느린 물소리

풀꽃들이 엮어 놓은
네 그늘 속에
눕고 싶다

너는
여전히 멀고
너의 웃음은 여유가 있다

나는

울고 싶다

너는 나를
너무 잘 알고 있다

밭

어머니는
농사가 처음이라고 하셨다
나이가 들어서 그런지
땅이 좋아진다고
씨를 뿌리면 싹이 트고
꽃을 피우고 열매를 맺는 것이
신기하다고 하셨다
아침 식사를 마치면 산에 올라
호미질을 하고
그렇게 시작한 농사가 풍작이다
싱싱한 콩 이파리 속에
수줍은 연분홍 꽃잎이 태어나고
옥수수는 키 재기를 시작했다
풋고추들은 개구쟁이처럼 장난질을 쳐 대고
보랏빛 가지 꽃은 봄 화장에 분주하다
이미 다 자란 열무 이파리들은
일등으로 뽑아 달라고 목소리를 높인다

자식 농사는 뿌린 대로 안 된다지만

땅 농사는 그래도 정직하다고

어머니는 애기들 키우는 맛에 푸욱 빠지셨다

비망록

비 오는 날엔
현란한 불빛 아래
어지러운 빌딩 숲을
지나치고 싶지 않다

너를 처음 만난 그날에도
인자했던 밤비를 털어 내며
너는 어디쯤 만취해 있으리라

자본으로 순수를 지배하고
권력으로 진실을 엎을 수 있다던
너의 웃음소리
신경질적인 경적 소리

빛 한 줌 없는 검은 들판
맑은 비바람 한 컵에
녹색 아스피린을 삼킨다

살 것 같다
돌아가지 않으리

애벌레의 꿈

한 마리 애벌레가 있었다

어느 날
수많은 벌레들이
벌레 기둥을 만들며
위로 향하는 것을 보았다

더 많이 밀치고
더 많이 짓밟으며
애벌레도 기어올랐다

그 위에서 빛나고 있을
무엇을 상상하며

하지만
그 위에는
아무것도

아무것도 없었다

동화는 거기서 끝났지만
애벌레는 말해 주고 싶었다

네 마음이 원하는 곳에
네 발길이 멈춘 곳에
너의 삶이 있어

그곳에
너의 행복이 있어

겨울 애상

버릴 것이 많아
떠나간 것이 많아
황량한 계절

어차피
내 것이 아닌 것들은
놓아주세요

당신을 위해
불빛 하나 피웁니다
따뜻한 그리움 담아

동백꽃 엔딩

나무에서
땅 위에서

고요하게
쓸쓸하게

너는
사라진다

삶에 대해
운명에 대해

묻지 않고
변명하지 않고

핏빛 낙화

인생의 정의

하나를 잃으면
하나를 얻는 것이
인생이라고

살면서 나는
결코 잃고 싶지 않은 것을
잃었다

하나를 잃었다고
다른 하나가 그냥 주어지는
인생은 없더라

눈물을 닦고
심장이 터질 때까지
달리고 달릴 때

선물처럼

툭

하나 얻어지는 것

그것이

인생이더라

삶

삶은
투쟁이 아니라
아름다운
여정이다
먼 훗날
되돌아보면

힘내라 인생

한 주먹 한 주먹
모래로 켜켜이 쌓은 집이
높아 간다
큰 파도 한 번이면
무너질 텐데
날이 어둑해지도록
모래성을 쌓는 아이는
인생을 모른다
삶은 종종
우리를 배반하지만
진심을 다해 성을 쌓는
맑은 눈빛이 있는 한
인생도 철들 날 있을 것이다
힘내라 인생

에필로그

길지도 짧지도 않은 여행을 떠났습니다.
오래 묵혀 둔 원고를 손에 들고 용기를 내었습니다.

올여름은 긴 장마라고 일기 예보는 요란했지만
정작 제주는 큰비 없이 여름을 지났습니다. 날씨
에 대한 기대는 모두 버리고 파도에 몸을 맡기듯
천의 얼굴을 가진 섬 제주에 스며들었습니다.

비를 흠뻑 맞고 한라산을 올랐고 천둥, 비바람이
불면 바다가 보이는 카페에서 쉬었다가 비가 멈
추면 올레길을 걸었습니다. 해가 뜨면 차귀도,
비양도, 가파도를 돌며 섬 속의 섬, 세상 속의 나
를 만났습니다.

짙은 안개를 뚫고 안도 다다오, 이타미 준의 건
축물과 예술혼을 찾아다녔습니다. 곶자왈과 오
름을 오르다가 눈이 맑은 노루와 인사를 하고,

석양이 지는 애월 바닷가를 걸었습니다. 개구리 소리와 밤 별이 쏟아지는 목장에서 모닥불을 피우며 그 큰 나무둥치가 한 줌의 재로 식어 갈 때까지 내 삶을 돌아보았습니다.

29세의 젊은 시인 릴케는 "실은 자기의 최상의 말 앞에서는 스스로를 걸어 잠그고 고독 속으로 들어가야 해요. 말은 신선해져야 하니까요. 그게 세계의 비밀입니다."라고 말했습니다.

최상의 말, 신선한 말을 위해 지켜 온 고독의 시간이 꽤 길었습니다. 더 이상의 생각도 타오를 열정도 없어질 때쯤 이제 되었다며 나를 위로했습니다.

내게 와서 시가 되었던 문장들도 그만 세상에 놓아줄까 합니다.

초판 1쇄 발행 2023년 10월 31일

지은이   이지연
펴낸이   이기봉
편집   좋은땅 편집팀
펴낸곳   도서출판 좋은땅
주소   서울특별시 마포구 양화로12길 26 지월드빌딩 (서교동 395-7)
전화   02)374-8616~7
팩스   02)374-8614
이메일   gworldbook@naver.com
홈페이지   www.g-world.co.kr

ISBN   979-11-388-2458-3 (03810)